diego rezende

nasceu em Viçosa-MG, no final de 1986. Atualmente, mora em Belo Horizonte-MG. Possui doutorado em Artes Visuais pela Universidade Federal do Rio de Janeiro (UFRJ). Publicou *Livrou-se* (Funalfa, 2015) e *Todo oceano transporta um incêndio* (Urutau, 2020).

ATÉ QUE O INFINITIVO ESCREVER TOME ARRANJO EM MINHA EXTINÇÃO

diego rezende

editora Urutau
primeira edição
2022

O —

editora Urutau

avenida peirao besada, 6 – 2D
36163 poio-pontevedra
(espanha)

rua cajus, 478
jardim das cerejeiras, cotia — sp
brasil
06724-015

[+55] 11 94859 2426 [brasil]
[+34] 644 951 354 [galiza]

www.editoraurutau.com.br
contato@editoraurutau.com.br

[EDITORES]
tiago fabris rendelli & wladimir vaz
[COORDENAÇÃO DE REVISÃO]
debora ribeiro rendelli
[REVISÃO]
rodolfo de andrade
[DIAGRAMAÇÃO]
victor h. azevedo
[CAPA]
victor h. azevedo, sobre fotografia de emma frances logan

dados internacionais de catalogação na publicação (CIP) de acordo com ISBD

rezende, diego
R467a até que o infinitivo escrever tome arranjo em minha extinção / diego rezende.
— cotia : urutau, 2022. 104 p. ; 14cm x 19,5cm.

ISBN 978-65-5900-285-6

1. literatura brasileira. 2. poesia. I. título.

CDD 869.1
2022-1720 CDU 821.134.3(81)-1

elaborado por odilio hilario moreira junior - CRB-8/9949

sumário

[42] lapidando o silêncio
[43] houve um rasgo tecido
[45] toco a pele fina desacordada do seu toque
[47] habito a palavra
[48] habito a palavra casa
[49] há uma porta fechada dentro da palavra casa
[50] o quarto possui
[51] entro no quarto
[53] parei de escrever
[55] existimos a casa
[56] as mãos
[58] a cortina esboça
[59] habito a casa
[60] convivo
[61] não há saída
[63] a placenta
[64] espere
[66] talvez escreva trinta e quatro livros
[68] não faço ideia
[69] o que é
[70] antes de começar a escrever
[72] escrever é escasso
[73] enquanto não escrevo
[74] escrever à mão
[75] escrever em português
[76] escrever como um ofício de composição
[77] escrever como um modo de escavação
[78] a urgência
[79] não me sai da cabeça
[80] faria tudo de novo
[81] antes de dizer
[82] não espero que esse poema seja bom
[84] e se os poemas
[86] esboço a sombra de um
[88] excito o que resta da
[89] degusto o resíduo da imagem

a Antônio, Tarsila e Cris

*

nossa primeira morte
é nascer

extinção
do desaparecimento

*

quando nasci,
algo em mim morreu
— não sei bem
se é a morte de uma inexistência
ou o fato irremediável
de nunca mais poder
não habitar
um eu

*

e o passar do tempo
se torna
uma aproximação contínua
do sem fim da morte,
do sem fim de uma morte
que se instaurou
no ato
de nascimento

será que nascer se perpetua assim
nesse infinito em processo,
nesse choque,
nesse impacto
em processo?

não nos detemos em um interstício,
entre uma chegada
e uma partida
— algo feito apenas de começo
nos elabora

encarar a morte presente
em toda instauração,

em todo surgimento,
em todo eclodir,
    talvez seja
    a única chance

*

este poema
    largo,
    longo,
    lúgubre,
é minha única saída,
a única maneira
de consentir
    ao meu suicídio
                inato

*

como lavrar então a substância
de tudo aquilo que ainda não nasceu?
como uma espécie de massa
moldada no entranhamento,
surgida na escuta
do silêncio imemorial
por dentro da gênese hermafrodita
ou no ressoar de espaços
híbridos,
hesitantes,
por dentro dos hábitos

sigo nessa cadência residida
na impossibilidade de não residir
no substrato mundo,
na matéria mundo,
na coisa
mundo

*

coisa mundo

gigantesca

oceano ártico pangeia cordilheira dos andes
peixes-voadores formigas-tecelãs
procariontes vírus-satélites

coisa mundo

minúscula

júpiter estrela aldebarã constelação órion
aglomerado hidra-centauro energia escura

*

meu deslumbramento de infância
excitou um navio imaginário
                    feito de mundo
que navegava em antimatéria
   e se diluía fogo
   em estuários
   de sal e musgo

a embarcação arrebentou
golpeada por uma solidão sem nome
— o espanto do nunca mais
                    dos meus primeiros anos

o golpe emergiu o naufrágio,
   o pequeno naufrágio
das primeiras palavras
da minha boca materna
— nomes esboçados,
      lapidados,
      esculpidos,
      talhados
      durante setecentos oitocentos novecentos anos
                              pelo balbucio anônimo
                              de poetas desconhecidas

*

a boca materna desvelada,
a mãe desvelada,
a matriz desvelada
  de sua pureza,
a crueldade da genitora desvelada
  de sua santidade,
a boca materna desvelada
  de sua epifania
  e esparramada sobre
  a agressiva labuta
    de séculos

*

há um gosto diáfano,
um sabor de fome,
    como posso dizer?

    esse gosto vivíssimo
de olhar diretamente para o esgotamento
com espera urgência ternura devassidão

gosto de conhecer o esconderijo
    da carne sem batimentos
descascando uma maçã vermelha
— sua casca fina
revela
    o mastigar,
    a digestão,
revela
    quatro cinco seis mil anos
    de pensamento

*

esse gosto,
esse pressentimento
que posso mesmo estar aqui
e que não há,
não há
nenhum caminho de desaparecimento,
chance alguma
de nunca ter compartilhado a respiração
com as pessoas que agora ainda dormem
às cinco e trinta e cinco
da manhã

gosto de pensar
prendendo o ar nos pulmões,
causando um limite

talvez o cheiro da pele disso,
disso de estar mesmo aqui,
esse assombro,
possa ser
o último sentido

*

não estarei sobre solo
sul-americano
no próximo século,
meus pés,
a população dos meus bilhões de pés,
pisam
o vigésimo primeiro século
da era comum gregoriana

pisam
a fissura geológica
da era comum tupi

pisam
a fissura geológica
da era comum yorubá

*

caminho sobre esse século
em cadência lenta,
   desproporcional
   à aceleração industrial
   da quarta revolução

   caminho
como se cada compasso
me fosse uma nova palma,
como se cicatrizasse em mim
um pé próprio
   a cada contato com o giro da superfície

caminho com os pés cheios
   das alturas,
   das planícies,
   dos soterramentos
         de pássaros ancestrais

caminho com os pés grafados
   em erosões,
   em precipícios,
   em fendas vulcânicas inativas

*

caminho até o fim
    da página impressa,
até o fim
    da história contada
    de boca a boca,
    escrita de mão em mão,
caminho até o fim
    da carcaça humanoide,
        labial,
        social,
        química,
        cibernética

caminho até a autonomia
    do que vier
    depois dos fins

    e apareço,
apareço integrado ao que restou,
    ao que,
    pouco a pouco,
        resta
    e se arrasta

pela permanência
da extinção
da permanência

*

permanência,
a permanência do arrepio

escrevo um lugar
tecido em meu arrepio,
a duração de um espaço
infiltrado no tempo,
emaranhado às temporalidades difusas
de um fluxo horário regido pela comoção
e pelo sensível agudo
acariciado
violentamente
pelo vácuo

desejo escrever
esse buraco magnânimo
cavado pelas mãos
do nada,
escrever através desse buraco
composto de despenhadeiros interplanetários
onde queda e levitação
são ações simultâneas

de um organismo dilatado
pelo sufoco

*

desejo escrever
um acontecimento,
uma constatação,
um fato,
uma marca,
um tremor:

a morte da minha filha

desejo escrever,
escrever,
escrever
até que o infinitivo
escrever
tome arranjo
em minha extinção

*

escrevo como se nunca tivesse
escrito a palavra

filha,

como se nunca tivesse
escrito a palavra

morte

*

escrevo regido
   por todo o inapreensível
   instalado pelo acontecimento

desejo escrever
com toda minha pele mística,
com toda minha matéria alquímica,
com tudo aquilo que me é
   escancaradamente
   impossível

desejo escrever
   o impacto
profundíssimo
de uma suspensão

escrever a colisão
                    da morte
          com
               o nascimento

*

colisão:
um estado
através
em que fui tomado por uma abissal bífida,
por uma frincha que
se fechava
abrindo

e pude ver
de olhos fechados,
bem abertos,
um momento
de enchente
onde o sentido
me inundou
de reminiscências
justapostas

houve um momento,
um momento durante
a cesárea de urgência,
enquanto minhas mãos
se agarravam às mãos

sedadas
da minha companheira

durante a puxada derradeira
da indefinição:
há pulsar
nas veias rápidas,
no pulmão submerso,
nas intricadas conexões cerebrais?

*

nascimento e morte
me encurralaram
em um lugar
interminável,
em um presente movido
pelos mecanismos originários
do infindo

desejo escrever
essa presença,
a única presença possível,
um presente vivo
entre os monstros mitológicos
que assombram
o mundo antepassado
e as utopias fantasmagóricas
que rondam,
como vultos virtuais,
o mundo futuro

*

desejo escrever
essa presença
   total,
   andrógina,
contida em um instante nuclear
   de perplexidade

desejo escrever
a magnitude da escrita
   e seu ralo vocabular
   diante de um terremoto calado

*

desejo lapidar
as letras
em palavras,
as palavras
em versos,
os versos
em páginas,
as páginas
em livros,
os livros
em bibliotecas
e as bibliotecas
em silêncios

silêncios públicos,
instituições de silêncios,
imensas arquiteturas
silenciosas

*

desejo lapidar os silêncios
com ferramentas magmáticas
— talvez assim consiga criar
um dialeto próprio
onde eu possa compor
   uma expressão aproximada
do que tenho a escrever
   sobre o momento
   em que minha filha
      estava
                                  morrendo
                                  nascendo

*

lapidar os silêncios,
  isso aprendi cedo

brincava com o silêncio
  como se um silêncio
    água
  me falasse de dentro
    do fogo,
  como se um silêncio
    céu
  me falasse de dentro
    da terra,
  como se um silêncio
    luz
  me falasse de dentro
    da escuridão

descubro
um inédito silêncio
  morte
falando de dentro
  da respiração contínua,
um silêncio

morte
falando do fora,
do germe,
do impenetrável

nasceu faleceu:
seu nascimento
me procura,
seu falecimento
me funda

*

nasce falece:
sinto essa ambivalência
de lucidez
amplificar meus sentidos
primários,
meu corpo estremecido

houve
um momento
que ronda o conhecimento tênue
de que havia nascido
sem respirar,
um momento envolto pela
tentativa
de reanimação

é esse momento que desejo escrever,
esse justo momento
em que todas as contradições se dissipam
em uma única faísca
— desejo escrever
a energia dessa faísca,
algo como combustão
que move esse escrever

*

demarcação:
não usarei mais a palavra
desejo

a palavra
está gasta,
exausta,
triturada,
moída
de tanto
fracasso

*

abrigo meu arrepio neste poema
elaborado em primeira pessoa,
no entanto,
sem eu

um texto que,
de tão pessoal,
desaparece com o eu,
um texto tão imerso
em um fundo
primitivo
que se torna de todo mundo,
que se torna da humanidade
e de sua loucura
fundamental

*

lapidando o silêncio
desse arrepio,
trabalho uma pedra absurda

e posso dizer,
insistir,
calejar
um através infinitesimal
que comportou todas as vidas
que poderia ter vivido,
vidas que não são minhas,
nem de ninguém,
apenas da duração
que habita
essa presença

essa mesma gravidade,
esse inédito aqui,
esse instante radical
que não para,
não para de nos transpassar
em mutação

*

houve um rasgo tecido
como um abalo sísmico,
    um tremor,
    um trauma

um lugar criado
pela rachadura da era,
pela instauração de um corte abrupto

algo como uma correnteza perpétua cortada pela lâmina

um líquido esculpido
pelo manuseio da presença
                        perene
                        do presente

uma fluente sem saída,
    sem escapatória,
no qual todas as insuficiências estão presentes,
    encurralada
    entre o obituário
                        e a taxa de natalidade

um fluido que transporta
uma fagulha,
fagulha que incendeia
os sentidos
e os funde
em apenas uma sensação
de toque

*

toco a pele fina desacordada do seu toque,
toco os dedos dos seus pés,
toco suavemente seus olhos fechados,
toco com cuidado
        seu corpo
        em meu colo
        quando seu coração já tinha parado de bater,
toco sua presença junto ao meu peito,
toco a sensação de acariciar sua cabeça,
toco o quarto montado,
    toco suas mantas e roupas guardadas
    com desenhos de cometas,
    planetas
    e estrelas,
toco seus brinquedos
    e seu carrinho de passear,
toco seu choro no meio da noite,
toco a imagem dos seus sonhos,
toco sua primeira semana de vida,
    seus primeiros meses,
    sua infância

toco seus primeiros gestos,
seus primeiros passos,
suas primeiras palavras

toco meus primeiros gestos,
meus primeiros passos,
minhas primeiras palavras

toco o primeiro gesto,

o primeiro passo,

a primeira palavra

*

habito a palavra,
    a palavra como moradia

varanda sala cozinha banheiro quarto teto
viaduto ponte cimento barro palha sombra

o caleidoscópio fosco que chega em diagonal pelas costuras da
[persiana

transforma a parede branca em espetáculo
nômade,
transeunte,
que vagueia pelas horas,
pelas estações,
pelas nuvens portuárias,
pelo asfalto quente,
pela marquise noturna,
pelo edifício
abandonado

*

habito a palavra casa,
    minhas mãos
tocam a textura dura da casa
— mãos alcoólicas,
atrofiadas de multidão,
o labirinto da ponta dos dedos
e os rios cruzados das palmas
estão em processo
    de rompimento,
            alagamento,
                                seca

*

há uma porta fechada dentro da palavra casa,
    um quarto
            utópico,
um lugar que se enraizou ali,
        infiltrando rizomas invisíveis
        e laçando o solo movediço:

                    a porta do quarto da minha filha

*

o quarto possui
uma dimensão própria,
    um espaço
                    onde

*

entro no quarto
e o quarto se torna
um órgão vital

entro no quarto
e o quarto entra em mim,
como se entrar
acionasse
uma dialética vertiginosa

entro no quarto
e meses se adensam
em milionésimos de segundo,
entro no quarto
e meses se ramificam
em trilhões de anos-luz

entro no quarto
e o que passa a restar
é o próprio resquício proveniente
das horas,
resquício que o cotidiano cultiva
no labor das atividades

— é preciso lavar as embalagens dos produtos,
higienizar os alimentos com cuidado,
ter o cuidado para não ferir
  a casca da pera,
ter o cuidado para não explodir
  a casca do ovo,
ter o cuidado para não rasgar
                    a casca

*

parei de escrever
— escrevo

atuo hoje como inventor
                    de animais inabitáveis,
                    de organismos insalubres,
                    de sistemas vivos clandestinos

   não escrevo mais,
   as palavras se tornaram
      ações escoadas,
      infiltradas na regência
      de limpar o chão,
      de lavar a roupa,
      de secar os copos,
      de cavar as unhas
                          no dedo da outra mão

parei de escrever
habito a palavra como uma casa
   onde durmo,
   onde faço minhas refeições
   e atividades domésticas,

onde preparo a água quente,
o pó,
a breve fumaça
e o cheiro
que ressoa

*

existimos a casa,
onde o espaço da casa não nos é
familiar,
interior,
onde a vivacidade
da sensação estrangeira
fecunda
a fonte
pertencente
ao poroso
dentro

*

as mãos
  abrem
a porta do quarto
e acendem a luz
— mãos que sustentariam,
que vestiriam,
mãos feitas de
          neblina opaca

levo as mãos novamente à maçaneta
e fecho a porta:
          estou no quarto

      estou no quarto
e sinto o corpo mudar a frequência,
  sangue e ar aceleram
        suas passagens,
    o organismo se expande
ao volume ondular do oceano,
à escuridão vazante da noite,
à sensação inóspita de não adentrar um lugar no mundo,
  de não habitar um espaço,
  mas de se tornar o próprio espaço,

o próprio elemento espaço,
a própria pedra angular do espaço,
um espaço onde

*

a cortina esboça
um sobressalto,
uma lufada repentina
me atinge com frêmito
e assusta minha coordenação motora

abro a porta,
apago a luz
e fecho a porta:
saio do quarto

e persiste uma porta fechada dentro da palavra
[porta
fechada dentro da palavra porta
dentro da palavra

*

habito a casa,
          a casa isolada

o quarto também habita a casa,
é um habitante da casa,
   um habitante concreto
   de dimensão espectral

o quarto permanece ali,
   a arder,
um incêndio silencioso,
   sem fogo
   e sem calor

*

convivo
com a resistência do quarto,
com a conservação de sua porta
    lacrada pelo nada
        que fica em suspensão após
                                        uma tragédia

o trauma sulca meus brônquios
de um vírus à espreita,
de uma dilatação
    que incide
    em um estrondo
                                    corte

*

não há saída:
o trauma me habita,
o vírus me habita,
o quarto me habita

sou habitante e
habitado,
há em mim um lugar de transição:
caminho através desse lugar
me movendo pelos transes
de seu território

habitado habitante

encontro o quarto habitado
por uma morte viver,
mover,
mover,
mover

encontro o quarto habitante
de uma casa isolada,
onde a janela é uma abertura,

uma chaga,
um túnel
para a atmosfera do
planeta

*

a placenta
torna a orbitar
  em torno
de si mesma,
a orbitar
  em torno
do sol,
a orbitar
  em torno
do centro
da galáxia

  a orbitar
  o óbito,
  o óbito,
  o óbito
  a orbitar

óbitos
a orbitar
bilhões de si,
bilhões de sóis

*

espere,
há um poema
existindo através de mim,
seu esboço cerca meu sono
e me apavora no meio da noite

acordo aflito,
gritando de modo ascendente
algo que começa como
sussurro

seu risco fabrica
a forma
de uma criatura
de olhos enormes,
que crescem com meu desespero,
olhos que me encaram
com veemência
fantasmagórica

a criatura é um bípede,
sem boca,
parte monstra,

parte horror,
parte mostra,
parte íntima

a criatura é um limite,
é a separação
   entre o eu,
   o ninguém
   e o todo mundo

   a criatura é o poema
   que ainda não nasceu

*

talvez escreva trinta e quatro livros,
todos sobre impossibilidades consistentes de morrer
ou
sobre a impossibilidade de escrever,
e deixe uma obra em série para a crítica futura
ou
deixe uma obra não lida sem fortuna crítica
ou,
quem sabe,
morra escrevendo meu próximo livro de contos de
[ficção científica
que se tornará o mais vendido texto inacabado do século
[vinte e dois
ou
passe a escrever crônicas para o periódico do condomínio
ou
roteiros fantasmas para espetáculos de improviso
ou
obituários para o jornal de uma cidade do interior
ou
cartas de otimismo sem destinatário
ou
notas de rodapé em projetos de leis alfandegárias

ou

canções eróticas enigmáticas para tocar em cartórios de
[união civil

ou

frases de efeito grafadas em guardanapos de papel

ou

recitais místicos para cultos holográficos

ou

cadernos didáticos para estudos escatológicos

ou

não escreva nenhum risco sequer,
deixe o ramo,
deixe a caneta secar antes de tocar qualquer tipo de papel,
deixe as mãos suspensas antes de digitar qualquer letra,
deixe a página aberta,
escancaradamente aberta,
e torne
escrita
essa abertura

*

não faço ideia,
faço a atrocidade
de manejar devastações,
    sedimentações,
    restos

                um poeta precisa trabalhar

*

o que é
isto
que sai
do primário delírio?

que sai
da gente
sem sociologia?

sai,
vaza,
despeja
o amasso
que causa o engasgo
intelectual

*

antes de começar a escrever,
olhei para a página
    em branco,
    não,
a página não era propriamente
    branca,
assim como não há a candidez do
    branco,
    a matéria do
    branco,
    o basicamente
                        branco

antes de escrever,
olhei para a página
    aberta,
olhar para a página
me encarou um empuxo,
    o empuxo do vácuo
    de não ter escrito

a página me trouxe
    a iminência

da morte do inexistente,
morte executada pelo
                                        antes

*

escrever é escasso,
é insuficiente,
escrever não basta

escrevo sobre isso

*

enquanto não escrevo,
sou uma pessoa discreta,
    que penteia o cabelo
    e abotoa a camisa

    mas não se enganem,
    enquanto estou escrevendo,
    sou um perigoso produtor
        de cataclismos
            instaurados
        com tudo aquilo
        que não existiria
            se não fosse
                a escassez
                        de escrever

*

escrever à mão
é uma tecnologia de ponta:
                    a mesma ponta que cria artefatos
                                paleolíticos

*

escrever em português,
nosso idioma estrangeiro,
é como atravessar o atlântico
nadando,
é como escrever uma mão que
nada,
uma mão feita de
nado

travessia impossível para uma
[vida inteira

*

escrever como um ofício de composição
— a palavra composição que contém
matéria-prima,
processo,
obra

composição que possui algo de
alquimia e música,
de substância e partitura

componho portanto
este poema
como um químico pianista
tateando as teclas
do fogo

*

escrever como um modo de escavação,
modo de descobrir o solo,
de estudo minucioso
da fina camada de pó
sobre o osso

edificar um ateliê no subterrâneo milenar,
no buraco ancestral,
abrir o céu do fóssil
na própria terra

*

a urgência
vai se abrigando
                    vagarosamente
no meu silencioso berro desesperado,
na suave fúria estremecida que sinto na espinha dorsal,
na vontade extrema
que estrangula a vida,
que alivia a vida,
que desata a vida
à sua condição
                    infinitiva

            viver

  não subestimem a aberração
  do seu uso comum,
    o viver nasce
    de uma descoberta
                escandalosa

*

não me sai da cabeça,
o que vier que aconteça
por essa prática
    desvairada
do inapreensível
— depois disso,
que venha o depois disso
varrendo a poeira
                    desse espasmo

*

faria tudo de novo
que haverá
  em meu futuro,
mas estou fincado no nome que me deram,
estudando a morte impossível da presença
e frequentando uma solidão impessoal
— e nem tudo é isso
apesar de ser
          um tanto

*

antes de dizer
    qualquer coisa,
queira mesmo
essa coisa
    de dizer
e diga
com tesão
    indizível
esse qualquer

*

não espero que esse poema seja bom,
espero que esse poema seja
esse poema

não espero que esse poema seja belo,
espero que esse poema seja
esse poema

não espero que esse poema seja sublime,
espero que esse poema seja
esse poema

não espero que esse poema seja maldito,
espero que esse poema seja
esse poema

não espero que esse poema seja,
espero que esse poema
poeme

não espero que esse poema
espere,
há algo fluindo,

lavrando,

sem espera

*

e se os poemas
estivessem mais próximos
        dos artefatos paleolíticos
        do que dos romances,
        como seria estudada
              a arqueologia?

e se os poemas
estivessem mais próximos
    dos corpos em decomposição
    do que das biografias,
    como seriam organizadas
                as livrarias?

e se os poemas
estivessem mais próximos
           do labor das vísceras
           do que da filosofia,
           como seriam categorizadas
                        as bibliotecas?

e se os poemas
estivessem mais próximos

dos núcleos estelares
do que dos suspenses,
como seria a pesquisa
em astronomia?

e se os poemas
estivessem mais próximos
da possibilidade incorruptível
de extinguir a própria poesia,
como seria o trabalho
das poetas?

*

esboço a sombra de um
                    poema
que surge a partir de uma
                              imagem

a partir de uma imagem
que me estremece por inteiro,
uma imagem que me perfura
   com seu vazio avassalador,
   com seu abismo arrebatador

   uma imagem que esmaga
      minha cognição

esboço a experiência dessa imagem
enquanto procuro
   seu contraponto,
   sua equivalência,
   sua simetria revestida

esboço simulações
   de perplexidade,
   de inquietude,
   de agonia

não encontro

a imagem resta,
turbilhão,
enquanto não escrevo

*

excito o que resta da
imagem,
seu derrame,
seu excesso,
sua sobra

como se inventasse
um simulacro,
um fantasma,
um vulto composto
de partículas radioativas

como se inventasse
a destruição,
o aniquilamento
constitutivo
do invento

*

degusto o resíduo da imagem
como degusto o mineral da água,
    mastigando suas partes fluidas
    que não se deixam mastigar

o resíduo atravessa meu sistema digestivo,
faz labor em minhas vísceras,
    traz alívio
    e frescor

o resíduo se abre pela boca
    e se consolida
    como excremento
    em direção ao submundo,
                    ao esgoto corrente,
                    ao ecossistema das
                            profundezas

*

há algo na palavra
imagem
que mantém minha atenção

fecho os olhos e a atenção resiste no escuro,
na intuição obstinada anterior à visão
— a palavra imagem
não precisa de
luz

imagem
— sonorizo mentalmente em voz interior,
quanto recôndito cabe nessa palavra?

o inóspito invade a imagem
e eclode sua monocultura,
sua homogeneidade,
destruindo o que há de terra
e desvelando
seu anonimato

a palavra imagem
reluta,

integra a tensão
entre o núcleo de uma estrela gigantesca
e a gravidade que sustenta sua geometria

o núcleo indizível quer explodir a imagem
em transparência,
em instância sem nome,
a gravidade invisível
sustenta sua formação,
sustenta
este poema

mas é tarde,
o fim do poema está próximo,
o que vaga
é a escória,
é o bagaço,
é a remanescência
da explosão

*

fotografo as mãos do meu filho,
        a extremidade de um corpo recém-chegado
                                                da inexistência

                a fotografia como trabalho manual

        trabalhar com a câmara
                                escura
        se destituindo da primazia dos olhos
              e concedendo espaço às mãos

        conceber as mãos não só pelo dedo que tenciona
        o momento de captação da imagem,
        mas também pelo manuseio mental da imagem,
        pelo toque imaginário do lugar fotografado

        conceber as mãos
        junto aos trinta mil anos das mãos negativas
                        encontradas na gruta chauvet

                mãos negativas,
                anônimas e impessoais,
                pessoais

e intransferíveis
pelas linhas das palmas,
pelas digitais das pontas
dos dedos

*

mãos que retornam
e descobrem novamente a permanência
do arrepio

descobrem
a pele no vérnix da pele,
a pele em pelo enlaçada ao halo da pupila,
o desconhecimento da futura herança genética,
do hiato geracional,
da continuidade da espécie,
das abruptas vontades
que ficarão estabelecidas na carne
[psíquica,
da marca do parto
que situará a epiderme aumentada

escrevo o nascimento do meu filho

nascer,
nascer,
nascer
até que o infinitivo
nascer

tome arranjo
em sua extinção

*

nascer
talvez seja
nossa única morte,
sendo todas as outras
sedimentos
da nossa própria extinção,
sendo todas as outras
extinções sedimentares

*

palavra por palavra por palavra por palavra por palavra
palavra por palavra por palavra por palavra por palavra
palavra por palavra por palavra por palavra por palavra
palavra por palavra por palavra por palavra por palavra
palavra por palavra por palavra por palavra por palavra
palavra por palavra por palavra por palavra por palavra
palavra por palavra por palavra por palavra por palavra
palavra por palavra por palavra por palavra por palavra
palavra por palavra por palavra por palavra por palavra
palavra por palavra por palavra por palavra por palavra
palavra por palavra por palavra por palavra por palavra
palavra por palavra por palavra por palavra por palavra
palavra por palavra por palavra por palavra por palavra
palavra por palavra por palavra por palavra por palavra
palavra por palavra por palavra por palavra por palavra
palavra por palavra por palavra por palavra por palavra
palavra por palavra por palavra por palavra por palavra
até que a primeira pessoa se sedimente em anonimato
palavra por palavra por palavra por palavra por palavra
palavra por palavra por palavra por palavra por palavra
palavra por palavra por palavra por palavra por palavra
palavra por palavra por palavra por palavra por palavra
palavra por palavra por palavra por palavra por palavra

palavra por palavra por palavra por palavra por palavra
palavra por palavra por palavra por palavra por palavra
palavra por palavra por palavra por palavra por palavra
palavra por palavra por palavra por palavra por palavra
palavra por palavra por palavra por palavra por palavra
palavra por palavra por palavra por palavra por palavra
palavra por palavra por palavra por palavra por palavra
palavra por palavra por palavra por palavra por palavra
palavra por palavra por palavra por palavra por palavra
palavra por palavra por palavra por palavra por palavra
palavra por palavra por palavra por palavra por palavra
palavra por palavra por palavra por palavra por palavra
até que o poema inaugure o labor o desmoronamento
palavra por palavra por palavra por palavra por palavra
palavra por palavra por palavra por palavra por palavra
palavra por palavra por palavra por palavra por palavra
palavra por palavra por palavra por palavra por palavra
palavra por palavra por palavra por palavra por palavra
palavra por palavra por palavra por palavra por palavra
palavra por palavra por palavra por palavra por palavra
palavra por palavra por palavra por palavra por palavra
palavra por palavra por palavra por palavra por palavra
palavra por palavra por palavra por palavra por palavra
palavra por palavra por palavra por palavra por palavra
palavra por palavra por palavra por palavra por palavra
palavra por palavra por palavra por palavra por palavra
palavra por palavra por palavra por palavra por palavra
palavra por palavra por palavra por palavra por palavra
palavra por palavra por palavra por palavra por palavra
palavra por palavra por palavra por palavra por palavra

*

quando escrevo
em primeira pessoa,
continuo o poema
de primeiras pessoas,
de poetas anônimas,
fazedoras,
lavradoras da argila,
da rocha,
do papiro,
do papel,
do dígito binário,
do dígito quântico,
da grafia de fótons,
da colisão de hádrons

*

poema
  aberto,
  decantado
  no fundo
  de um começo:
    matéria primeira
    de outro poema
    ainda mais longo

todos os poemas
  já escritos,
  sendo escritos,
  ainda não escritos:

um só
[poema inacabado

*

*   *

■ primeira edição
■ junho de 2022